AF459110

CANTIQUES OU HYMNES

ET CHANSONS

POUR LES SALLES D'ASILE.

Ye 16595

MUSIQUE
IMPRIMÉE PAR LES PROCÉDÉS DE E. DUVERGER,
Rue de Verneuil, n° 4.

CANTIQUES OU HYMNES

ET CHANSONS

POUR LES SALLES D'ASILE.

PREMIÈRE SÉRIE.

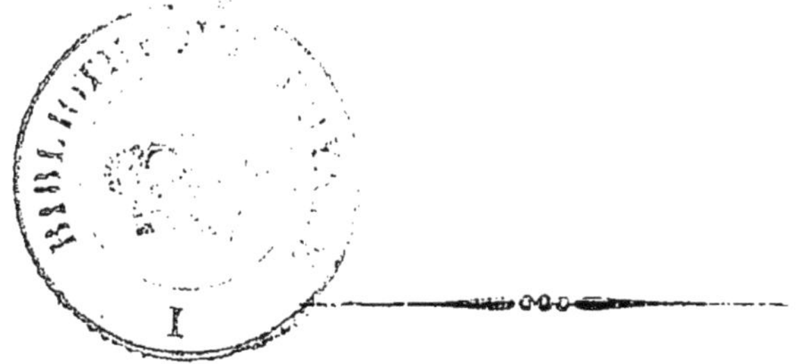

PARIS.

CHEZ J.-J. RISLER, RUE DE L'ORATOIRE, N° 6.

1833

DOUZE

CANTIQUES OU HYMNES.

PREMIÈRE SÉRIE.

CANTIQUES OU HYMNES

ET CHANSONS

POUR LES SALLES D'ASILE.

PREMIER CANTIQUE.

LES SEPT JOURS DE LA CRÉATION.

Air *du Premier Pas.* (Noté n° 1.)

1

Quand le bon Dieu daigna créer le monde,
Pour tout former il n'eut qu'à le vouloir ;
Il fit sortir la lumière de l'onde,
Le jour brilla, puis vint la nuit profonde
Du premier soir. (*bis.*)

2

Lors sur les eaux Dieu plaça l'étendue,
La séparant du céleste séjour.
La voûte bleue offerte à notre vue
Fut dans les airs par sa main suspendue
Le second jour. (*bis.*)

3

Puis il forma cette terre parée
De tant de fleurs, de tant d'arbres divers,
Par les grands lacs, les fleuves arrosée ;
Et fit, pendant la troisième journée,
Les vastes mers. (*bis.*)

4

Alors aux cieux les étoiles brillèrent
Dieu les créa le quatrième jour ;
Du beau soleil les feux étincelèrent,
Les doux rayons de la lune imitèrent
L'éclat du jour. (*bis.*)

5

Légers oiseaux, vous prîtes la volée,
Obéissant à votre Créateur,
Quand s'acheva la cinquième journée ;
Et de poissons l'onde aussi fut peuplée,
Grace au Seigneur. (*bis.*)

6

Les animaux, insectes et reptiles,
Furent créés le sixième matin.
Plusieurs d'entre eux à nos besoins utiles,
Apprivoisés, sont devenus dociles ;
Ayons-en soin. (*bis.*)

7

Ce même jour Dieu fit à son image
L'homme de poudre et de terre formé ;
L'ame vivante est son divin partage.
Son cœur, d'abord, fut innocent et sage :
Qu'il est changé ! (*bis.*)

8

Dieu contempla l'œuvre des six journées
Dans la septième et daigna la bénir.
Se réservant ces heures consacrées,
Qu'elles soient donc saintement employées
A le servir ! (*bis.*)

IIe CANTIQUE.

LA CHUTE DE L'HOMME,

OU ADAM ET ÈVE.

(AIR n° 2.)

1

Chantons la triste histoire
De nos premiers parens,
Et gardons la mémoire
Des justes châtimens

Que leur faute première
A fait peser sur nous,
Quand de Dieu notre père
S'alluma le courroux.

2

Dans un séjour tranquille,
Délicieux Eden,
Adam, bon et docile,
Devait aimer le bien.
Innocent, ainsi qu'Ève,
Il goûtait le bonheur
D'une ame qui s'élève
Jusqu'à son Créateur.

3

Pourquoi cette innocence
N'a-t-elle pu durer?
Leur désobéissance
Hélas! les fit pécher.
Ils osèrent enfreindre
Un ordre solennel;
Dès lors ils durent craindre
La voix de l'Éternel.

4

Qui donc sut les séduire
Et changer leur esprit?

Puis au mal les conduire ?
Ce fut l'ange maudit
Qui s'efforce sans cesse
De nous rendre méchans ;
Mais Dieu donne sagesse
Et douceur aux enfans.

5

Du jardin de délices
Lors Adam fut banni ;
Par de tristes supplices
Son péché fut puni.
Le travail, la souffrance,
Vinrent changer son sort ;
La divine sentence
Nous imposa la mort.

6

Alors dans sa clémence
Le Seigneur prononça
Que notre délivrance
Par lui s'accomplira ;
Qu'un Sauveur sur la terre
Viendrait vivre et souffrir,
Dont l'amour tutélaire
Saurait nous garantir.

IIIe CANTIQUE.

LA NAISSANCE DU SAUVEUR.

(Air n° 3.)

1

Ce fut une nuit solennelle,
Lorsque jadis
Dieu dans sa bonté paternelle
Donna son fils,
Afin que le monde coupable,
Par lui sauvé,
De la sentence redoutable
Fût préservé.

2

Des bergers de la Galilée,
Couchant aux champs,
Gardaient dans la longue veillée
Troupeaux paissans;
Soudain une vive lumière
Frappa leurs yeux:
Un ange, volant vers la terre,
Parut près d'eux.

3

Aux bergers, tout saisis de crainte,
Cet ange dit:

« N'ayez de frayeur nulle atteinte ;
« Dieu vous bénit.
« J'apporte une bonne nouvelle
« Pour votre cœur ;
« A tout le peuple elle révèle
« Grace et bonheur. »

4

« Apprenez donc qui vient de naître.
« C'est le Sauveur.
« Dans Bethléem vient d'apparaître
« Notre Seigneur.
« Vous trouverez ce roi des anges,
« En le cherchant,
« Dans une crèche, avec des langes,
« Petit enfant. »

5

Alors les bergers entendirent
Des chants divins,
Qui du haut des cieux retentirent
Parmi les saints :
« Qu'au séjour de joie éternelle
Soit gloire à Dieu ;
« Bon vouloir et paix fraternelle
« Dans ce bas lieu ! »

6

Puis, en terminant ces louanges
Avec ferveur,

Au ciel retournèrent les anges
Près du Seigneur.
Et les bergers vite quittèrent
Tout, à l'instant;
Et dans Bethléem ils trouvèrent
Le saint enfant.

7

C'est qu'ils croyaient à la promesse
D'un Rédempteur;
Comme eux cherchons aussi sans cesse
Notre Sauveur.
Il veillera sur notre enfance
La nuit, le jour,
Si nous plaçons notre espérance
En son amour.

IVᵉ CANTIQUE.

LA VIE DU SAUVEUR.

(Air nº 4.)

1

O mon Sauveur! je veux chanter ta gloire,
Et raconter ce que tu fis pour moi;
Que de tes jours la belle et sainte histoire
Puisse en mon cœur faire germer la foi.

2

En toi brillait l'éternelle puissance,
Et dans les cieux de tout temps tu régnais,
Quand ici-bas tu vins prendre naissance,
Nous apportant le pardon et la paix.

3

Tu naquis donc, prenant notre nature;
Une humble crèche alors fut ton berceau;
Et l'on te vit, enfant à l'ame pure,
Croître en sagesse, en exemple nouveau.

4

Dans le travail tu passas trente années,
Actif et pauvre, apprenant à souffrir,
Toi, fils de Dieu! tu donnais tes journées
A des devoirs qu'il te plut d'accomplir.

5

Mais vint le temps de ton saint ministère:
Tu parcourus les villes, les hameaux,
Pour annoncer le règne de ton Père,
Et l'honorer par tes divins travaux.

6

Oh! qui pourrait redire les miracles
De ton pouvoir, de ta tendre pitié?

Quand les méchans t'environnaient d'obstacles,
Tu ne cessais d'agir avec bonté.

7

L'aveugle alors put recouvrer la vue,
Et le boiteux, le sourd furent guéris;
La vie aussi fut à ceux-là rendue
Qui dans la tombe étaient ensevelis.

8

Et d'un seul mot éloignant la souffrance,
Tu guérissais les malades encor;
Les démons même, avec obéissance,
Vers les enfers reprenaient leur essor.

9

Divin Jésus, la tempête en furie,
Les vents, la mer se calmaient à ta voix;
Et cependant tu terminas ta vie
Dans les douleurs, attaché sur la croix.

10

C'est qu'il fallait apaiser la justice
D'un Dieu puissant tous les jours offensé,
A notre place endurer le supplice,
Pour que par toi le pécheur fût sauvé.

11

Tu demeuras trois jours privé de vie,
Puis tu sortis triomphant du tombeau ;
Et tu nous dis qu'au ciel, notre patrie,
Nous jouirons aussi d'un sort si beau.

12

O mon Sauveur ! que ton enfant apprenne
A suivre en tout ta douce et sainte loi ;
De ton amour fais que je me souvienne,
Car tu vécus et tu mourus pour moi.

Ve CANTIQUE.

(Air n° 5.)

1

Qui donc soutiendra ma faiblesse
Dans le danger ?
Qui donc pourra dans ma jeunesse
Me diriger ?
Qui me donnera dans la vie
Paix et bonheur ?
C'est l'ami dévoué que je prie,
C'est mon Sauveur.

2

Et bien que je ne sois encore
Qu'un jeune enfant,
Ce Sauveur que mon ame adore
Toujours m'entend.
Il vit et règne au lieu céleste,
Mais il me voit,
Et près de lui repose et reste
Celui qui croit.

3

Sera-t-elle longue ma vie?
Je n'en sais rien;
Mais à mon Dieu je la confie
Et pour mon bien.
Puissé-je l'aimer sur la terre
Et le servir,
Puis reprendre au ciel ma prière
Pour le bénir!

4

Jésus! qui m'aimes et m'appelles,
O mon Sauveur!
Viens par tes promesses fidèles
Former mon cœur.
L'enfant excite ta tendresse
Comme autrefois;

Entends les vœux que je t'adresse,
Et les reçois.

5

Jadis tu vins dans la Judée
Vivre et souffrir,
Et plus d'une mère empressée
Osa t'offrir
De petits enfans, pour t'entendre
Priant tout bas,
Et soudain on te les vit prendre
Entre tes bras.

6

Jusqu'à nous encor tu t'inclines
Comme un ami;
Des cieux tes paroles divines
Ont retenti.
« Laissez, dis-tu, l'enfant docile
« Venir à moi. »
J'obéis à ton évangile
Et viens vers toi.

VIe CANTIQUE.

(Air n° 6.)

1

Il est un Dieu qui règne au ciel
Et fit l'air et la terre ;
Qui créa le brillant soleil
Pour donner la lumière.
Au firmament il a placé
La lune et les étoiles,
Et, la nuit, leur douce clarté
Luit sur les sombres voiles.

CHOEUR DES FILLES.

Quel est ce Dieu qui règne au ciel
Et créa le brillant soleil ?

2

Il est esprit : nous ne pouvons
Ni le voir, ni l'entendre,
Tant qu'ici-bas nous demeurons
Et qu'il nous faut attendre ;
Car il n'est vu que dans les cieux
Où vivent les saints anges,
Qui, dans leurs chants délicieux,
Célèbrent ses louanges.

CHOEUR DES FILLES.

D'où vint ce Dieu, ce pur Esprit,
Que le peuple du ciel bénit?

3

Toujours, toujours il exista
  Avant toute mémoire;
Et toujours il existera
  Le divin roi de gloire.
Jamais de cet être immortel
  Ne cessent les années;
Aussi son nom est l'Éternel,
  L'Éternel des armées.

CHOEUR DES FILLES.

Du haut des cieux, ce Dieu puissant
Sait-il ce que fait un enfant?

4

Il lit au fond de notre cœur
  Et connaît nos pensées;
Celles du méchant, du menteur,
  Ne lui sont point cachées.
Il voit aussi tout ce qu'on fait
  Dans un profond mystère;
Et le mal commis en secret
  Excite sa colère.

CHOEUR DES FILLES.

Où vit-il ce Dieu qui sait tout,
Dont le regard nous suit partout?

5

Au ciel si je pouvais monter
En traversant l'espace,
Dans l'eau si je savais plonger,
Où fuir loin de sa face?
Au fond de la terre et des mers
Resplendit sa présence;
Car Dieu remplit tout l'univers
De sa vaste puissance.

CHOEUR GÉNÉRAL.

Ce Dieu si grand est juste et bon;
Bénissons mille fois son nom.

VIIe CANTIQUE.

AIR *de la Suissesse au bord du Lac.* (N° 7.)

1

Je chanterai ta céleste puissance,
O roi des cieux, mon Dieu, mon créateur;
Ta gloire éclate avec magnificence
Dans l'univers rempli de ta grandeur.

Avec tendresse
Veillant sur moi,
Tu vois sans cesse
L'enfant qui vient à toi.

2

Que tout est beau, tout est grand et sublime,
Autour de nous, dans l'œuvre de tes mains !
Le soleil brille et sa chaleur anime
L'humble brin d'herbe et les faibles humains.
Avec tendresse
Veillant sur moi,
Tu vois sans cesse
L'enfant qui vient à toi.

3

Je chanterai la sagesse infinie
Qui dirigea les astres radieux,
Mit dans leur cours une telle harmonie,
Et disposa l'immensité des cieux.
Avec tendresse
Veillant sur moi,
Tu vois sans cesse
L'enfant qui vient à toi

4

Je chanterai la bonté si touchante
Qui me nourrit du pain de chaque jour.

Le vermisseau qui dans l'ombre serpente
Reçoit aussi les soins de ton amour.
Avec tendresse
Veillant sur moi,
Tu vois sans cesse
L'enfant qui vient à toi.

5

A chaque instant la moindre créature
Obtient de toi le secours et l'appui ;
Est-il un lieu, dans toute la nature,
Où tu ne sois, où ton pouvoir n'ait lui?
Avec tendresse
Veillant sur moi,
Tu vois sans cesse
L'enfant qui vient à toi.

6

La fleur des champs par toi fut embellie,
Tu fis germer le chêne des forêts ;
Lorsqu'aux efforts de l'ouragan il plie,
C'est en cédant à tes sages décrets.
Avec tendresse
Veillant sur moi,
Tu vois sans cesse
L'enfant qui vient à toi.

7

Ta majesté brille aux cieux, entourée
Des doux rayons d'un amour éternel,

Et des enfers, ta colère embrasée
Fait aux méchans un redoutable appel.
Avec tendresse
Veillant sur moi,
Tu vois sans cesse
L'enfant qui vient à toi.

8

Ta main me garde et protége ma vie,
Ton œil me suit et ne peut se lasser.
O que jamais, Seigneur ! je ne t'oublie,
Toi qui toujours daignes me rappeler;
Qu'avec tendresse
Veillant sur moi,
Tu vois sans cesse
L'enfant qui vient à toi.

VIIIe CANTIQUE.

HYMNE AU SAINT-ESPRIT.

Air : *Que ne suis-je la fougère.* (N° 8.)

1

Grand Dieu, notre divin père,
O toi, puissant Créateur !
Quand tu te fis notre frère,
Tu devins notre Sauveur.

De ta sagesse éternelle
Quand le pouvoir nous conduit,
C'est alors que l'on t'appelle
Du doux nom de Saint-Esprit.

2

C'est cet Esprit qui rend sage
Et corrige le méchant;
En nous dès notre jeune âge
Il peut agir puissamment.
Lui seul fait naître en notre ame
La crainte de l'offenser,
Et si le cœur le réclame,
Toujours il vient consoler.

3

Esprit-Saint, tu sais produire
L'obéissance et la paix ;
Ceux que tu daignes instruire
Ne s'égareront jamais.
Oh ! viens donc former toi-même
Mon cœur toujours inconstant,
Et dans ton amour extrême
Viens diriger ton enfant.

IXe CANTIQUE.

(Air n° 9.)

1

A l'enfant qui te prie,
Mon Dieu, donne la foi;
Qu'il consacre sa vie
A suivre en tout ta loi.
Sa faiblesse réclame
Ton appui chaque jour;
Ah! viens remplir son ame
D'un pur et saint amour.

2

Ta puissance invisible
Nous fait naître et mourir;
A nos vœux accessibles,
Tu daignes nous bénir.
Nous ne saurions comprendre
Ta gloire et ta grandeur,
Mais nous pouvons entendre
Ta voix dans notre cœur.

Xe CANTIQUE.

Air *des Chevaliers de la Fidélité.* (No 10.)

1

Béni soit Dieu, car il est notre père
Et son amour est notre seul appui.
Béni soit Dieu qui reçoit la prière
De l'humble cœur s'élevant jusqu'à lui.

2

Oh ! qui pourrait raconter la puissance
Du Créateur de ce vaste univers ?
D'un faible enfant la profonde ignorance
Ne connaît pas tous ses bienfaits divers.

3

Mais à ce Dieu qui lui donna la vie
Dès son jeune âge un enfant peut penser ;
Et Dieu puissant jamais ne nous oublie :
Puissions-nous donc de plus en plus l'aimer !

4

N'offensons pas cette bonté si tendre ;
Fuyons le mal, évitons le méchant.
En quelque lieu que nous puissions nous rendre,
La nuit, le jour, Dieu nous voit, nous entend.

5

Les anges saints qui contemplent sa gloire
Avec respect l'adorent dans les cieux ;
Imitons-les, et que notre mémoire
Sache garder des chants harmonieux.

6

Beni soit Dieu qui protége l'enfance
Et lui promet un éternel bonheur !
Béni soit Dieu, notre unique espérance,
Et que lui seul remplisse notre cœur !

XIe CANTIQUE.

(Air no 11.)

1

Ami fidèle,
O mon Sauveur !
Ma voix t'appelle,
Viens dans mon cœur.
Que ton enfant,
En grandissant,
Sache t'aimer
Et te prier ;

Daigne l'instruire
De son devoir,
Et le conduire
Par ton pouvoir.

2

Qu'il me souvienne
De tes bienfaits ;
Que j'en comprenne
Les doux effets.
A ton amour
Je dois le jour ;
Par ta bonté
Tu m'as gardé.
Mon Dieu, mon père,
Protége-moi ;
Car je n'espère
D'appui qu'en toi.

LA MORT OU LE DERNIER SOMMEIL.

Air : *Un jeune Troubadour.* (N° 12.)

1

Je suis bien jeune encor
Et cependant mon ame
Doit, si Dieu la réclame,
Vers lui prendre l'essor.
Au printemps l'on peut voir
Parfois la fraîche rose
Mourir à peine éclose
Avant l'heure du soir.

2

Craindrais-je donc la mort
Et la fin de ma vie,
Qui peut être suivie
D'un bien plus heureux sort ?
Un doux et long sommeil
Fermera ma paupière,
Mais pour moi la lumière
Doit renaître au réveil.

3

Alors commencera
Cette vie éternelle

Qu'à notre ame immortelle
Dieu lui-même donna.
Que l'enfant du Seigneur
Prie et se réjouisse,
Que le méchant frémisse,
A lui sera malheur.

4

Repoussé loin de Dieu
Qu'ici-bas il offense,
Une amère souffrance
L'attend au sombre lieu;
Trop tard il sentira
L'excès de sa folie,
Et trop tard de sa vie
Il se repentira.

5

Celui qui chaque jour,
Seigneur, t'implore et t'aime,
Recevra de toi-même
Le prix d'un saint amour.
Le pur bonheur des cieux
Deviendra son partage;
Il vivra d'âge en âge
Au rang des bienheureux.

6

Oh! veille donc sur moi,
Et soutiens ma faiblesse;

Donne-moi la sagesse,
Mon Dieu, qui vient de toi,
Et je pourrai finir
Sans regret ma carrière,
Puis à l'heure dernière
Dans ton sein m'endormir.

FIN DES CANTIQUES.

Treize Chansons.

PREMIÈRE SÉRIE.

CHANSONS

POUR LES SALLES D'ASILE.

N° I.

CHANSON DU MATIN.

Air : *On dit qu'à quinze ans.* (N° 15.)

1

Que l'on est heureux,
Réunis dans ce cher asile !
Que l'on est heureux
Quand on n'est pas trop paresseux !
Ah ! qu'un enfant docile,
D'apprendre désireux,
Trouve doux et facile
De s'instruire en ses jeux !

2

Chassons le sommeil
Quand du jour revient la lumière,
Chassons le sommeil
Et jouissons du beau soleil.

Faisons notre prière
A l'instant du réveil,
Et de Dieu notre père
Recherchons le conseil.

Avec un grand soin
Lavons nos mains, notre visage;
Avec un grand soin
Après cela peignons-nous bien.
Puis sans être volage
Qu'on se mette en chemin.
Soyons, selon l'usage,
Ici de bon matin.

4

Bien obéissans
A nos maîtres tâchons de } plaire;
A nos maîtresses sachons }
Bien obéissans,
Soyons sages, gais et contens.
Puissions-nous satisfaire
Aux saints commandemens,
Toujours à Dieu complaire
En bons petits enfans.

REFRAIN.

Que l'on est heureux,
Réunis dans ce cher asile !

Que l'on est heureux
Quand on n'est pas trop paresseux !

N° II.

CHANSON DU TRICOT.

(Air n° 13.)

1

Du travail l'heure est sonnée,
Pourrions nous penser au jeu ?
Pour commencer la journée
Louons et bénissons Dieu ;
Car durant la nuit profonde
C'est lui qui veille sur nous,
Et sa bonté nous procure
Un sommeil paisible et doux.

2

Qu'une fervente prière
S'exhale de notre cœur ;
En notre céleste père
Cherchons le seul vrai bonheur.
Il n'est pas d'ami plus tendre :
Qu'en lui soit notre plaisir ;
Toujours il peut nous entendre,
Toujours il veut nous bénir.

3

Dans sa parole sacrée
Apprenons ses saintes lois ;
Gravons dans notre pensée
Ce qu'a prononcé sa voix.
Aux jours de notre jeunesse,
Seule, elle doit nous guider,
Et quand viendra la vieillesse
Saura bien nous consoler.

4

Tandis que l'aiguille agile
S'agitera dans nos doigts,
Des leçons de l'Évangile
Répétons le divin choix.
Dans le cours de notre vie
Rappelons-nous cet instant;
Heureuse l'ame qui prie
A chaque heure en travaillant.

5

Bon Dieu, pour prier sans cesse
Accorde-nous ton Esprit ;
Et donne-nous la sagesse
Qui de ta grace est le fruit.

N° III.

LE CHANT DU DEPART.

(AIR n° 18.)

1

Quel plaisir de finir une bonne journée!
De retourner joyeux embrasser ses parens!
De nos amusemens
Emportant la douce pensée,
En sortant de ce lieu
Bénissons le bon Dieu. (*bis.*)

2

Demain, s'il le permet, à la salle d'asile
Nous reviendrons encore apprendre à le servir;
Que tout notre désir
Soit d'avoir un cœur bien docile
A ces bonnes leçons
Qu'ici nous recevons. (*bis.*)

3

Chers maîtres / Maîtresses } qui donnez des soins à notre enfance,
A la fin de ce jour reposez-vous en paix.

Et puissions-nous jamais
Ne manquer de reconnaissance,
Lorsqu'en partant d'ici
Nous vous disons merci ! (*bis.*)

4

Adieu, petits amis; que durant la nuit sombre
Les saints anges du ciel veillent autour de nous.
Rappelons-nous bien tous
Que toujours, même au sein de l'ombre,
Dieu nous voit et entend
Ce que dit son enfant. (*bis.*)

5

Au matin dans les cieux la brillante lumière
Viendra nous rendre encor la vie et la gaîté;
A ce Dieu de bonté
Offrons alors notre prière,
Implorant son secours
Pour bien l'aimer toujours. (*bis.*)

N° IV.

LA TOILETTE DES PETITS OISEAUX

ou LA PROPRETÉ.

Air : *Charmante Gabrielle.* (N° 19.)

1

Quand l'aurore vermeille
A brillé dans les cieux,
Le jeune oiseau s'éveille
Et chante tout joyeux;
C'est la douce prière
Qu'il sait offrir
A Dieu, dont la lumière
Vient nous ravir.

2

Secouant de son aile
Le plumage léger,
Du bec il le démêle
Et sait le nettoyer;
Sa toilette il achève
Diligemment;
Puis dans les airs s'élève,
Propre et content.

3

Ce que sait ainsi faire
Un tout petit oiseau,
Près du nid de sa mère
Au sommet de l'ormeau,
L'enfant docile et sage
  Doit l'observer,
Puis avoir le courage
  De l'imiter.

4

Qu'à son réveil il prie
Dieu qui veilla sur lui ;
Et qu'il le remercie
De son céleste appui.
L'oiseau qui n'a pas d'ame
  Chante au Seigneur ;
L'enfant que Dieu réclame
  Lui doit son cœur.

5

Et quand l'aube colore
Le ciel d'un jour nouveau,
Qu'il prenne exemple encore
Sur le petit oiseau,
Pour contracter l'usage,
  En se levant,

De laver son visage
Soigneusement.

N° V.

LE SOMMEIL.

Air : *Dormez donc, mes chères amours.* (N° 14.)

1

Lorsque la nuit descend des cieux,
Que tout devient silencieux,
Au sommeil livrons-nous joyeux,
Et n'ayons aucune pensée
De trouble ou de crainte cachée;
Car au fond de nos cœurs toujours
Une voix nous dit tous les jours:
Dormez, enfans, chères amours,
Dormez, dormez, Dieu près de vous veille toujours. *bis.*

2

Mais quand tous les bruits ont cessé,
Lorsque ma mère m'a couché,
Ne suis-je pas en liberté
De penser, de faire, ou de dire
Ce qu'ailleurs je dois m'interdire?

Non, car dans mon ame toujours
Une voix redit tous les jours:
Dormez, enfant, chères amours,
Dormez, dormez, Dieu près de vous veille toujours. *bis*.

3

Pourquoi ne plus voir quand on dort?
C'est comme si l'on était mort:
La nuit vraiment nous fait grand tort;
Mais le repos nous rend sans cesse
Des forces dans notre faiblesse.
Bénissons-le donc tous les jours
Le bon Dieu qui nous dit toujours:
Dormez, enfans, chères amours;
Dormez, dormez, près de vous je veille toujours. *bis*.

4

Quand nous travaillons avec fruit,
Le jour s'enrichit notre esprit;
Dans le sommeil le corps grandit;
Ainsi chaque heure de la vie
Pour nous peut donc être bénie;
Écoutons-la bien tous les jours,
Cette voix qui nous dit toujours:
Dormez, enfans, chères amours;
Dormez, dormez, Dieu près de vous veille toujours. *bis*.

5

Mon Dieu! j'élève à toi mon cœur,
Et je te prie avec douceur;

Car tu ne veux que mon bonheur.
Hélas ! à toi bien peu je pense,
Hélas ! sans cesse je t'offense.
Que ta voix me parle toujours
Comme elle me dit tous les jours :
Dormez, enfant, chères amours,
Dormez, dormez, Dieu près de vous veille toujours. *bis.*

N° VI.

L'ENFANT MUTIN.

(Air n° 16.)

1

Quand j'étais tout petit dans les bras de ma mère,
Je ne pensais à rien, je n'étais pas méchant ;
Je ne querellais pas mes amis ou mon frère ;
Je n'étais pas, je crois, si désobéissant.
Pourquoi donc aujourd'hui suis-je si volontaire ?
Vais-je donc devenir un indocile enfant ?

2

Si j'apprends ma leçon, l'on me dit d'être sage,
Et mon esprit distrait vers les jeux est tourné ;

Pourtant il faut s'instruire au matin de son âge ;
Que n'en puis-je sentir la ferme volonté !
Mais au contraire, hélas ! ma volonté volage
Se lassant du travail fuit d'un autre côté.

3

C'est donc ma volonté qui doit être docile ;
Souvent elle résiste et ne m'obéit pas.
Mon Dieu ! tu nous as dit dans ton saint Évangile
Que quand nous te prierons tu nous exauceras ;
Que le devoir alors nous deviendra facile,
Et que, par ton esprit, tu nous dirigeras.

4

J'élève donc à toi mon cœur et ma prière ;
Pour être obéissant donne-moi ton secours.
Rends-moi doux, sage et bon, ô mon céleste père !
Qu'on reconnaisse en moi ton enfant tous les jours ;
Chacun m'aimera mieux, et j'apprendrai, j'espère,
A te servir, te plaire et te louer toujours.

N° VII.

L'AMOUR FRATERNEL.

AIR : *Une fièvre brûlante.* (N° 17.)

1

Dans ce paisible asile
Aimons-nous tendrement ;
Que nul ne soit méchant,
Que chacun soit docile.
Évitons de nous quereller,
Sachons en paix nous amuser.
Heureux qui dès l'enfance
Entend de Dieu l'appel,
Et connaît la puissance
De l'amour fraternel !

2

Daus les vertes prairies
Bondissent les agneaux,
Et chantent les oiseaux
Sur les branches fleuries ;
Ils vivent tous en bon accord ;
Imitons-les et sans efforts,
Lorsqu'à la loi divine
On les voit obéir ;

Fuyons l'humeur chagrine,
Et sachons nous chérir.

N° VIII.

LE VENT.

(Air n° 21.)

1

J'entends le vent souffler dans les feuillages
Et le zéphir vient rafraîchir mon front ;
Quand l'ouragan exerce ses ravages,
L'herbe fléchit et le chêne se rompt.

2

D'où vient-il donc ce souffle si rapide ?
Où donc va-t-il ? ne le puis-je savoir ?
Ni dans les bois, ni sur l'onde limpide
Nul ne saurait le saisir ni le voir.

3

Eh bien ! ainsi l'Esprit de Dieu pénètre
Dans notre cœur et vient le diriger ;
Son doux pouvoir alors sait nous soumettre,
Et nous goûtons le bonheur de l'aimer.

N° IX.

LA MOUCHE.

(AIR n° 20.)

1

Vole, vole, petite mouche,
Sur mes doigts ne te pose pas ;
Car si par malheur je te touche,
Las ! je le crains, tu périras.
Un plaisir cruel
Offense le ciel ;
Et le maître / La maîtresse } dit
Que Dieu l'interdit.

2

Ce bon Dieu, si puissant, si tendre,
Créa la mouche ainsi que moi ;
De sa main elle peut attendre
La nourriture sans effroi.
Oh ! que les enfans
Ne soient pas méchans !
Dieu les aimera
Et les bénira.

N° X.

L'ABEILLE ET LE PAPILLON.

(AIR n° 25.)

1

La diligente abeille
Dès le matin
Sur la rose vermeille
Prend son butin ;
Dans sa ruche bien close
Porte à sa sœur
Le miel qu'elle compose
Des sucs de fleur ;
Puis l'hiver se repose
Avec douceur.

2

Le papillon volage,
Dans les beaux jours,
Sans songer à l'orage,
Vole toujours ;
De fleur en fleur jolie
Cherche à jouir.
Il consume sa vie
Dans le plaisir ;

Puis, l'automne finie,
Devra mourir.

3

Craignons faute pareille
Et l'évitons;
Recevons de l'abeille
Douces leçons.
Le temps de la jeunesse
Est jour d'été;
Ah! travaillons sans cesse
Avec gaîté;
Acquérons la sagesse
Et la bonté.

N° XI.

LA LUNE.

Air : *Au clair de la Lune.* (N° 22.)

1

J'aime à voir la lune
Se lever le soir,
Lorsqu'après la brune
Il ne fait pas noir;

Sa douce lumière
Charme mon sommeil,
Et je la préfère
Alors au soleil.

2

O lune charmante,
Qu'es-tu? dis-le-moi.
Ta face brillante
Reluit, mais pourquoi?
L'enfant du village
Souvent ignorant,
Croit voir un visage,
Dans ton disque blanc.

3

Voudrait-il bien croire
Que ces tons divers,
Cette teinte noire,
Sont de vastes mers?
Ces taches foncées,
Qu'il prend pour tes yeux,
Ne sont que vallées,
Lieux profonds et creux.

4

Non, car il ignore
Que le firmament

Est tout plein encore
D'astres se mouvant;
Que tous sont des mondes
Au nôtre pareils,
Ou des terres rondes
Ou de beaux soleils.

5

La lune argentée
Est proche de nous,
Et semble créée
Plus grande que tous.
C'est que la distance
La fait ainsi voir,
Et qu'aussi l'enfance
A peu de savoir.

6

Autour de la terre
La lune tournant,
D'abord tout entière,
Puis en beau croissant,
Disparaît dans l'ombre
Durant quelques nuits,
Et leur voile sombre
Donne des ennuis.

7

C'est qu'une planète,
Globe nébuleux,

Du soleil reflète
L'éclat lumineux ;
Et lorsque la terre
Vient à la cacher,
La lune en sa sphère
Ne peut plus briller.

8

O que ta puissance
Est grande, Seigneur !
Quelle confiance
Doit remplir mon cœur !
La voûte céleste
Me parle de toi ;
L'Évangile atteste
Ton amour pour moi.

N° XII.

Air : *Je suis Lindor.*

(Air n° 23.)

1

Au faible oiseau qui daigna donc apprendre
L'art de bâtir et de tisser son nid,

De foin, de mousse et de laine construit,
Qu'aux verts rameaux il sait si bien suspendre ?

2

Qui donc apprit à la petite abeille
A voltiger sur les plus douces fleurs ?
A composer son miel de leurs saveurs,
Pour s'en nourrir l'hiver lorsqu'elle veille ?

3

A la fourmi qui donna le courage
De ramasser de si pesans fardeaux ;
De les porter en ses sombres caveaux,
Et d'employer les beaux jours à l'ouvrage ?

4

C'est le bon Dieu qui, seul, sut les instruire ;
Lui-même aussi daigne apprendre aux enfans,
Qui le prîront au matin de leurs ans,
A l'adorer, puis à se bien conduire.

N° XIII.

MA MÈRE.

Air : *Combien j'ai douce souvenance.* (N° 24.)

1

Qui donc m'a donné la naissance?
Qui me soigna dans mon enfance?
C'est celle à qui durant les jours
Je pense.
Oh! ma mère, sois mes amours
Toujours.

2

Qui me chérit avec tendresse,
Et pour moi travaille sans cesse?
Qui donc sur son sein tous les jours
Me presse?
Toi, ma mère; sois mes amours
Toujours.

3

Qui, lorsque je souffre, s'éveille?
A mes plaintes prêtant l'oreille,
Qui, près de moi passe les jours
Et veille?

Toi, ma mère ! sois mes amours
Toujours.

4

Pourrais-je par l'ingratitude
Payer tant de sollicitude?
Que l'éviter soit de mes jours
L'étude.
Oh ! ma mère, sois mes amours
Toujours.

5

Quand je serai dans la jeunesse,
Tu toucheras à la vieillesse,
Alors je soutiendrai tes jours
Sans cesse ;
Ma mère sera mes amours
Toujours.

6

Si jamais j'offensais ma mère,
De Dieu la céleste colère
Rendrait la suite de mes jours
Amère ;
Oh ! qu'elle soit donc mes amours
Toujours.

FIN DES CHANSONS.

IMPR.

AIRS DES CANTIQUES.

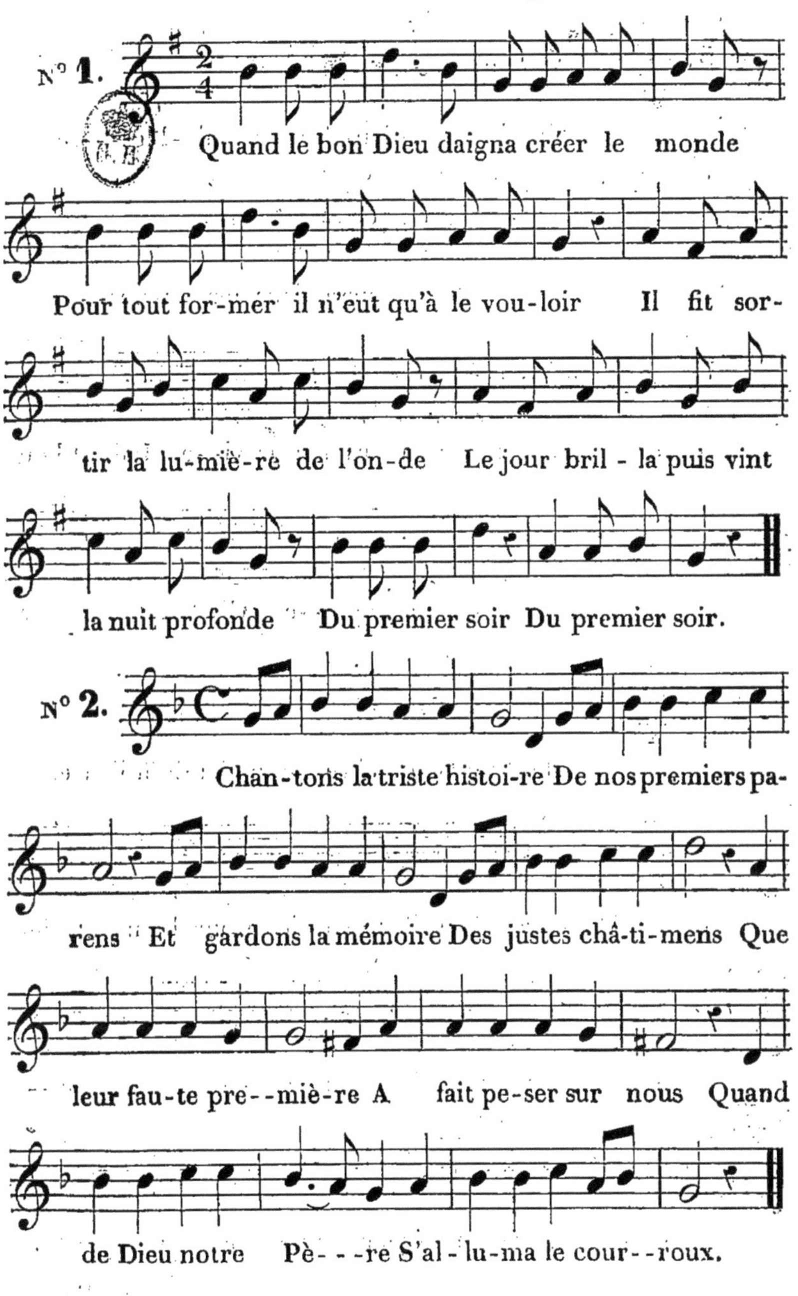

N° 5.
Qui donc soutien-dra ma fai--bles---se
Dans le dan-ger Qui donc pourra dans ma jeu-nes--se
Me di-ri-ger? Qui me donnera dans la vi--e Paix et bon-
heur? C'est l'a-mi di-vin que je pri--e C'est mon Sau-veur.
N° 6.
Il est un Dieu qui règne au ciel Et fit l'air et la
terre Qui créa le brillant so-leil Pour donner la lu-
miè-re Au firmament il a pla-cé La lune et les é---
toi-les Et la nuit leur donne clar-té Luit sur les

CHOEUR.
sombres voi- - -les. Quel est ce Dieu qui règne au ciel
Et cré- -a le bril- -lant so- -leil?
Nº 7.
Je chante-rai ta cé-les-te puissan- -ce
O Roi des cieux mon Dieu mon cré- -a- - -teur
Ta gloi- - -re éc-la- - -te a- -vec magni- -fi- - -cen- -ce
Dans l'uni-vers rempli de ta grandeur A-vec ten-
dres- - -se Veil-lant sur moi Tu vois sans
ces- -se L'enfant qui vient à toi.

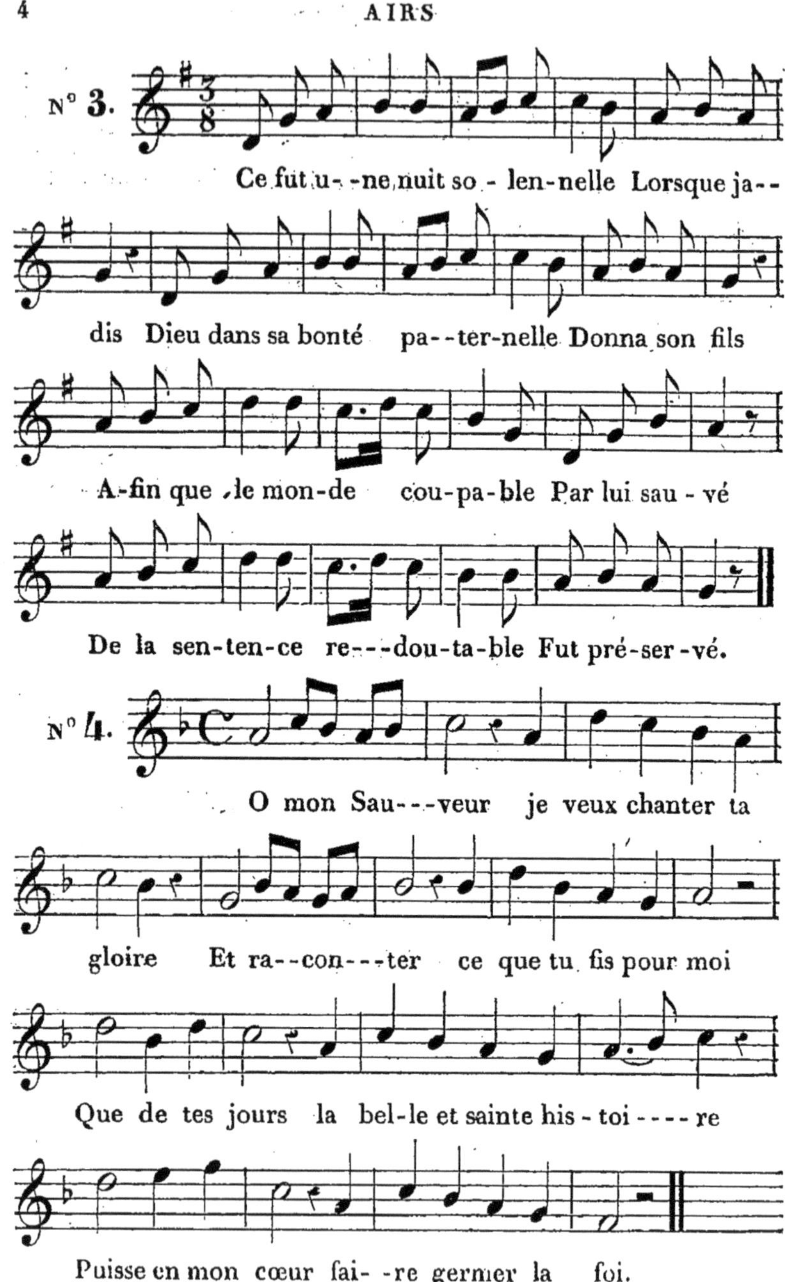
N° 3.
Ce fut u- -ne nuit so - len-nelle Lorsque ja- -
dis Dieu dans sa bonté pa- -ter-nelle Donna son fils
A-fin que le mon-de cou-pa-ble Par lui sau - vé
De la sen-ten-ce re- - -dou-ta-ble Fut pré-ser-vé.
N° 4.
O mon Sau- - -veur je veux chanter ta
gloire Et ra- -con- - -ter ce que tu fis pour moi
Que de tes jours la bel-le et sainte his - toi - - - - re
Puisse en mon cœur fai- -re germer la foi.

N° 8.
Grand Dieu notre di-vin pè- -re O toi
puissant cré - a- teur Quand tu - te fis notre frè- -re Tu devins notre Sau-veur De ta sagesse éter-nelle Quand le
pou-voir nous con- -duit C'est a- - -lors que l'on t'ap-
pel- -le Du doux nom de Saint-Es- - -prit.
N° 10.
Bé-ni soit Dieu car il est no-tre pè-re
Et son a-mour est notre seul appui Bé-ni soit Dieu qui reçoit la priè-re De l'humble cœur s'élé - vant jusqu'à lui.

N° 9.
A l'enfant qui te pri--e Mon Dieu donne la foi Qu'il con-sacre sa vi---e A suivre en
tout ta loi Sa faibles-se ré--cla-me Ton appui cha-que
jour Ah! viens remplir son âme D'un pur et saint a-mour.
N° 11.
A-mi fi-dèle O mon Sauveur Ma voix t'appelle Viens dans mon cœur Que ton en-fant En grandissant Sache t'ai-mer Et te pri-er Daigne l'instruire
De son de--voir Et le con-dui-re Par ton pou-voir.

AIRS DES CHANSONS.

qui veil-le sur nous Et sa bon--té nous as-su- -re Un som-
Suivez pour le dernier couplet.
meil pai--si-ble et doux. Bon Dieu pour pri---er sans
cesse Accor-de-nous ton Es-prit Et don-ne--nous la sa-
ges-se Qui de ta grâce est le fruit.
Moderato.
N° 14.
Lorsque la nuit descend des cieux Que tout devient si-len-cieux Au sommeil li-vrons-nous jo-yeux Et
n'ayons au-cu-ne pen-sé---e De trouble ou de crainte ca-
ché-------e Car au fond de nos cœurs toujours

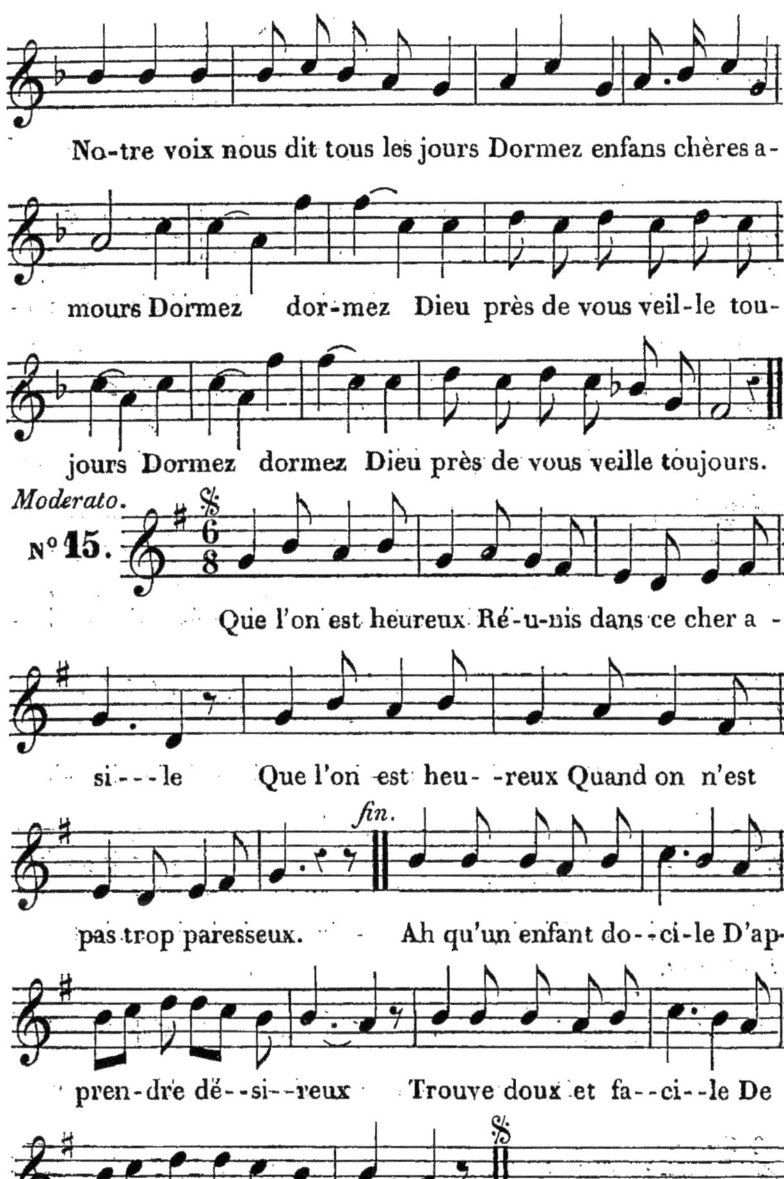
No-tre voix nous dit tous les jours Dormez enfans chères a-
mours Dormez dor-mez Dieu près de vous veil-le toujours Dormez dormez Dieu près de vous veille toujours.
Moderato.
Nº 15.
Que l'on est heureux Ré-u-nis dans ce cher a-
si---le Que l'on est heu- -reux Quand on n'est
pas trop paresseux.
fin.
Ah qu'un enfant do--ci-le D'ap-
pren-dre dé--si--reux Trouve doux et fa--ci--le De
s'in-struire en ses jeux.

Moderato.
Nº 16.
Quand j'étais tout pe-tit dans les bras de ma
mè--re Je ne pensais à rien je n'étais pas méchant Je ne querel-lais pas mes a-mis ou mon
frè-re Je n'étais pas je crois si déso--bé--is--
sant Pourquoi donc au-jourd'hui suis-je si vo-lon-
tai--re Vais-je donc deve-nir un indocile enfant?
Lentement.
Nº 17.
Dans ce pai-sible a--si-----le Ai-mons-nous
ten---drement Que nul ne soit méchant Que cha-cun

soit do- -ci- - - - - -le E-vi-tons de nous que- - -rel-
ler Sachons en paix nous a-mu-ser Heureux qui
dès l'en-fan- - - -ce En-tend de Dieu l'ap-pel Et con-naît
la puis-san- - - - -ce De l'a-mour fra-ter-nel.
Moderato.
N° 18.
Quel plaisir de fi- -nir u- -ne bon-ne jour-
né-e De retourner joyeux em-bras-ser ses pa-rens De
nos a-muse-mens Emportons la douce pen-sé-e En sortant
de ce lieu Bé-nissons le bon Dieu Bé-nissons le bon Dieu.

Lentement.
N° 19.
Quand l'auro-re vermeille A brillé dans les
cieux Le jeune oiseau s'é-veille Et chante tout jo--yeux
C'est la dou-ce pri-è-re Qu'il sait of-frir A Dieu dont
la lu-miè-re Vient nous ra---vir.
Allegretto.
N° 20.
Vo-le vo-le pe-ti--te mouche Sur mes
doigts ne te po - se pas Car si par malheur je te
touche Las! je le crains tu pé--ri-ras Un plaisir cruel Of-
fen-se le ciel Et le maître dit Que Dieu l'inter-dit.

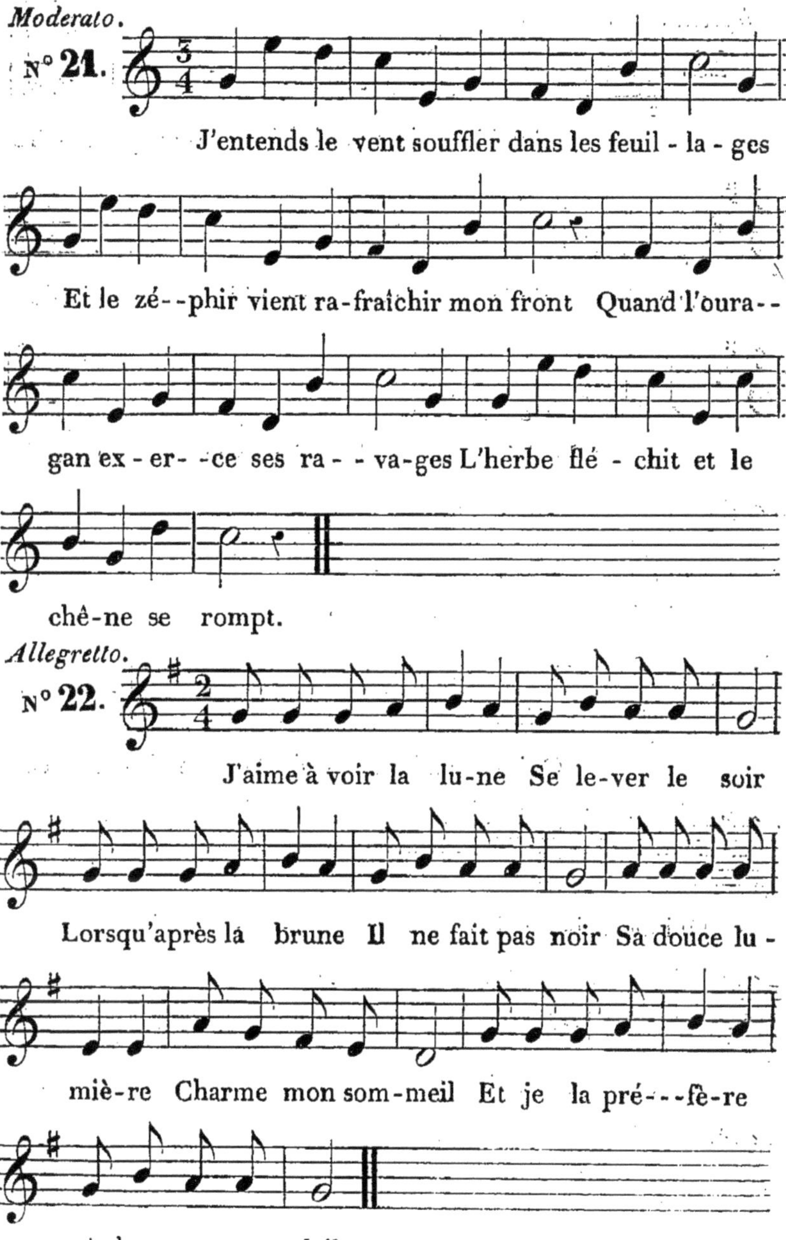
Moderato.
N° 21.
J'entends le vent souffler dans les feuil - la - ges
Et le zé--phir vient ra-fraîchir mon front Quand l'oura--
gan ex-er--ce ses ra---va-ges L'herbe flé - chit et le
chê-ne se rompt.
Allegretto.
N° 22.
J'aime à voir la lu-ne Se le-ver le soir
Lorsqu'après la brune Il ne fait pas noir Sa douce lu-
miè-re Charme mon som-meil Et je la pré---fè-re
A-lors au so---leil.

Allegretto.
N° 23.
Au faible oiseau qui daigne donc appren-dre
L'art de bâ - tir et de tis--ser son nid De foin de
mousse et de lai-ne construit Qu'aux verts ra-meaux il
sait si bien sus--pen-----dre?
Andante.
N° 24.
Qui donc m'a don-né la nais - san - ce
Qui me soi-gna dans mon en--fan- ce? C'est cel-le à
qui du--rant les jours Je pen-se Oh! ma mè -re sois
mes a-mours Tou---jours.

Andante.

N° 25.

La di-li--gen-te a-beil-le Dès le ma---
tin Sur la ro---se ver-meille Prend son bu----tin
Dans sa ru--che bien clo---se Por-te à sa sœur
Le miel qu'el-le com-pose Des sucs de fleur Puis l'hiver
se re--po-se A---vec dou----ceur.

www.ingramcontent.com/pod-product-compliance
Ingram Content Group UK Ltd.
Pitfield, Milton Keynes, MK11 3LW, UK
UKHW020410230726
13925UKWH00003B/1333

9 782014 047561